亂七芭蕉

我想亂七你的芭蕉

時報出版

目次

可能標題不應該叫做愛 12
我們還是清醒點 12
享受當下是最好的選擇 14
你要不要喝酒 14
占有慾是很痛苦的 15
這一把春藥我要下猛一點 15
純愛不一定有用但拐女生很有用 16
二流貨色 16
來，腿張開 17
小狗文學 17
你真的不懂怎麼讓我高潮 19

現在的愛情沒有保險套 19
別愛我，沒結果 20
哲學家的愛也挺變態 20
真的不喜歡跟醜男接吻 21
我要你愛我，愛要死 21
你的屄是屬於我的 22
世界上如果只剩下我一個女人就好了 22
研究表明低於六分鐘屬於早洩 23
你真是個變態 23
新年不快樂 24
奇奇怪怪的占有慾 24
想像力太過豐富生活會很複雜 26
愛情的一千萬個為什麼 26

道德底線是我絕對不外洩	27
親愛的，我們接吻吧	27
我愛你的身體勝過我自己	28
我想我瘋了	28
不一樣的性愛	29
女生的小心思	29
別看了，跳梁小丑	31
主角是攝影師	31
自由戀愛	32
我如果是扭曲的，你不可能正常	32
放過我	33
浪漫細胞生物	33
跨坐在你身上的一年	34

我下次想穿護士裝	34
你只屬於我	35
喜歡你所以我才欺負你	35
陰道運動	36
想幹你	36
遺憾	38
合理當個渣女	38
一天要做七次	39
見一面	39
去死吧，我親愛的愛人	40
只有你抽菸我才不討厭	40
想想挺噁心的	41
寶貝，寶貝，你是我的寶貝	41

我們要偷偷來 42
色情產物 42
只是洗個澡順便做個愛 43
中秋節 43
我只是俗氣的人 45
你是我最想見的人 45
殺了你,你才不會看別人嗎 46
只愛我 46
求你了,幹我 47
我有時候都不知道自己為什麼這麼黃 47
就上一次床,好,不只一次 48
白月光 48
中山區的飯店 49

你總是明白如何把我逼瘋 49
悲觀主義文學 50
大家都該減肥 50
燥熱 52
我是一個不羈的人 52
只有在床上我才感覺真實 53
愛 53
車水馬龍的世界 54
好痛 54
我想你 55
祕密 55
情人 57
請記住我 57

請呼喚我的名字 58

我應該幹你 58

低聲 59

邀請你 59

何必當初 60

但我還是想結婚啊 60

我對你可不簡單 61

脫光 61

真他媽 62

我只是作 62

跟別人上床我都覺得自己在偷情 63

這一種痕跡，屬於我的 63

射精 64

想念具象化 64

我不想每天都感到遺憾 66

現代人的愛情沒酒不行 66

色意等於愛意 67

人類的本能 67

做愛嗎 68

渾身赤裸 69

我討厭你 69

最後一天 70

我本來就不正經 70

想起你我就覺得噁心 71

青春期 71

入境隨俗 73

旅館休息一下 73
下次我要找帥的 74
回憶2 74
淫叫聲 75
我才是被困住的人 75
我花了兩個小時過去 76
真沒想到 76
去你的,好想你 77
我真的很喜歡你吧 77
可是你不會想知道 78
我如此病態地愛你 78
只會做愛的人 80
隨便 80

我愛死你了 73
消失好嗎?爛雞雞 74
長大 74
月亮 75
我就是最好的 75
二手貨 76
自信 76
不能只有我單身 77
如何正確愛人 77
張愛玲 78
我著迷的是你的性器官 78
回憶3 80
祝福 80

二流貨色 2	88
然後我就懷孕了	89
直接點	89
我一直想幹你,從以前到現在	90
變態 2	90
缺愛	91
烏鴉是幸福的象徵	91
我們都變了	93
等待	93
不是你不行	94
墮落	94
我比你賤	95
理由	95

身分	96
表演慾	96
愛是什麼	97
壞蛋	97
讚美	98
親吻你	99
多吃鳳梨精液才不會苦	99
無法不愛你	100
想救我自己	100
垃圾	102
感情潔癖	102
我現在只跟帥的在一起	103
我當然知道我不該嫉妒	103

哪一個瞬間我愛上你	104
新冠肺炎	104
這一秒	105
床壞了	105
我的脖子	106
前些天	107
拒絕	107
我只能用這些手段把你綁著嗎	108
畸形的愛	108
時間管理	109
我們都不是什麼好貨色	109
不夠漂亮	111
騷貨	111

床上比，誰怕誰	112
愛還是很重要啦	112
替代品	113
in and out	113
肛交	114
四次是我目前最多次的經驗	114
你好騷啊	115
不能說女生臭臭	115
總而言之性是重要的調劑品	116
需求很大	118
你曾經毀了我	118
我要你只舔我	119
征服慾	119

悖論題目	127
感情砲	126
自在	125
三千煩惱絲	124
你是所有人,所有人是你	124
藝術	123
你知道的是一部分的我	123
小三上位	122
我們都在互相思念	122
我想把你的名字寫好	121
原始人	121
我跟很多人都說過這句話	120
敢不敢	120

這世界把我幹憂鬱了	127
破事	128
我的愛讓我變得不值一提	128
你不止騙他們你也騙我	129
你比我還雙標	129
要啊,要做不被定義的愛	130
終究還是做愛了	130
我只有一次的年輕	132
你想追求更好的人我不會阻止你	132
愛本身是一種墳墓,不是只是婚姻	133
我的陰道沒有其他男人的味道	133
我的想念給了月亮,月亮給你了嗎	134
風會代替我愛你	134

一個完整的故事要有始有終
最簡單的日常
舌吻的記憶
你送我的花我很喜歡
我也不知道我的想法
快餐式愛情
原來我也還沒有忘記你
我們都無法放過彼此,所以互相折磨
這世界一瞬間色情起來了
醒來是從夢裡往外跳
只要是與你一起哪裡都好
吻我不用愛我

我是一個很浪漫的小伙子
好像是你在車上跟我說的
失眠
該死我喜歡死了
某一個夏天的晚上
我的感官世界
我看你是有色眼光
春色滿園
幻想你在我身邊
傲嬌的我不配愛
沒有性病,但也不算乾淨
是一個法國男生的故事
痛吧,這是你愛上我的感覺

月經來還是可以上床,只要氣氛夠 150

我還是太過直接了 151

我喜歡你這麼幹我 151

我其實比較不喜歡太溼的性愛 152

喜歡可以有很多種表現方式 152

所有權印記 153

讓我溼的不是舒服 153

爽的時候不准閃躲 154

小狗愛放屁 154

回憶比真人可怕 155

放進來的時候說 155

如果可以我要跟你互相折磨一輩子 156

先生,你比我還色 156

直接的愛總打得人措手不及 157

請為我著迷吧 157

你明明很喜歡我在你休息的時候口你 158

現在、立刻、馬上、開房 158

他說他半夜想射在我裡面 159

可能標題不應該叫做愛

後來我才發現
即便再做一次愛
你也無法給我同樣的高潮

我們還是清醒點

他媽的
他不愛你的
不愛
不愛

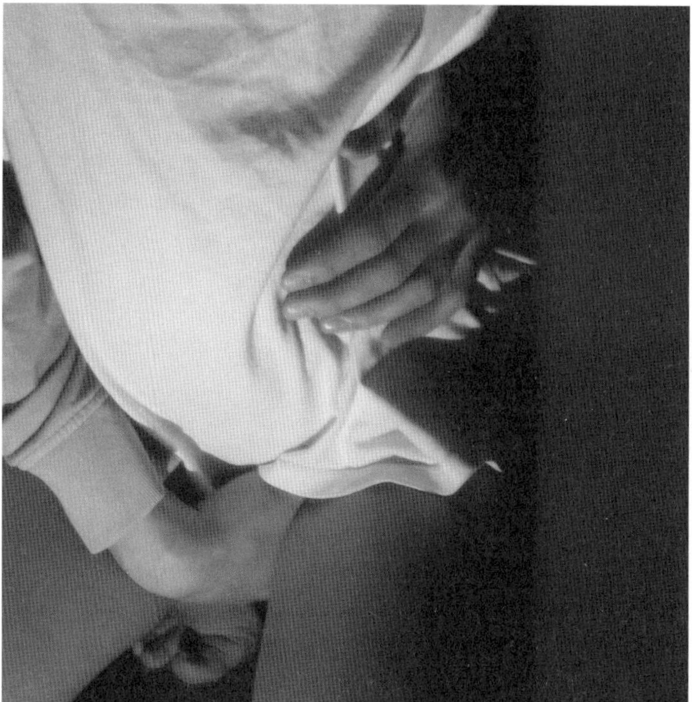

享受當下是最好的選擇

我也不想暈船啊
可是他問我
我喜歡什麼姿勢欸

你要不要喝酒

所有的解壓方式
都不如喝點酒微醺後
瘋狂接吻
像個野獸互相索求
要愛
愛的瘋狂
愛的熱烈

占有慾是很痛苦的

我要你對我有強烈的占有慾
掐脖
喘息
緊皺的眉頭
才是真正愛上你的瞬間

這一把春藥我要下猛一點

不能夠床
上著
上著
你就發現自己愛上我了嗎？

純愛不一定有用但拐女生很有用

妳說我總想掰開妳的腿
可我還想接吻
也想在路燈下牽妳的手

二流貨色

我知道你不是好東西
二流貨色
可是我愛你
你哭起來的樣子真好看

來,腿張開

你叫我乖
把腿再張開點
再開點
直到你的手指可以伸進我的陰道深處

小狗文學

親愛的小狗
要掐到喘息
你才會說愛我嗎?

你的**芭蕉** 18

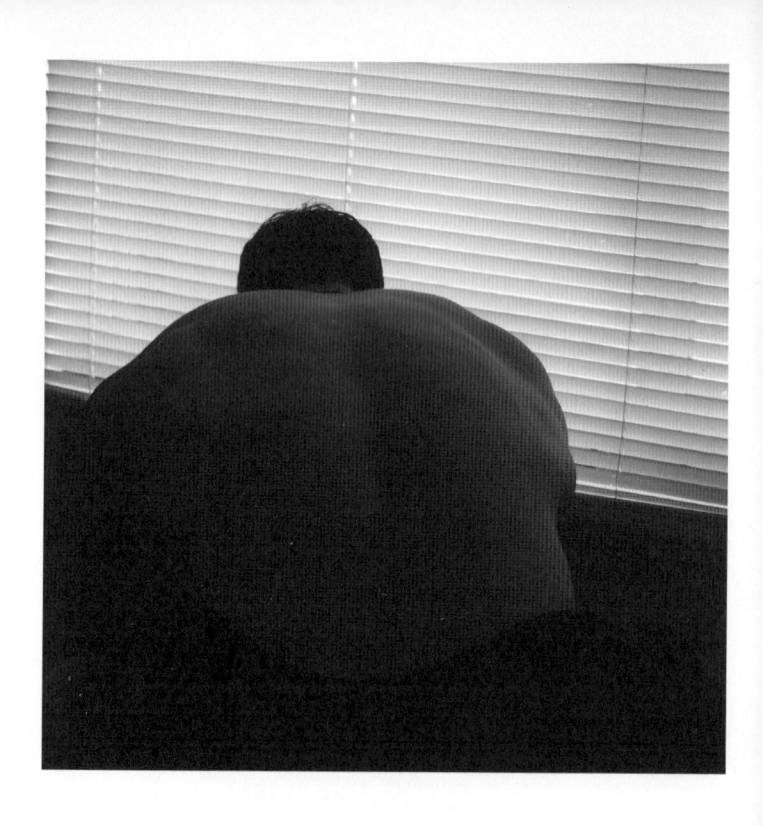

你真的不懂怎麼讓我高潮

你不懂我
他不懂我
你們只懂如何讓我的腿張開
並且進去

現在的愛情沒有保險套

戴不戴套有精神差別嗎?
沒有
有的只是溫熱精液在深處的驟然開放

別愛我，沒結果

我是一個徹頭徹尾的混蛋
爛人
不要喜歡我
不要愛我
我會煩

哲學家的愛也挺變態

柏拉圖的不是我的愛
是牽起時微涼的手
接吻時的舌頭熱度
手指在陰道裡挖的觸電感受
還有你要進不進的煩躁

真的不喜歡跟醜男接吻

暴雨時接吻的好處
是看不清那張醜陋不堪的嘴臉
還有我時常出戲的朝天鼻
以及細碎從嘴中溢出的呻吟
全都被密密麻麻打在身上的點滴埋葬
只剩下體溫漸熱
酥麻難堪

我要你愛我，愛得要死

我不需要所有人喜歡我
但你不喜歡我
我會死的

你的屄是屬於我的

如果你不跟我上床
你在我眼中就是一個無時無刻
在跟別的女人上床的壞蛋

世界上如果只剩下我一個女人就好了

我不要
不要你的屄有一天插進別人的體內
如果不是我體內
那就世界爆炸吧

研究表明低於六分鐘屬於早洩

我騎在上面不到一分鐘
他就說:「我要射了」
可是我還沒有感覺到他的粗細
也沒有感覺到精液
怎麼就結束了?

你真是個變態

最喜歡你在我耳邊低語
「一直做到妳記住我的形狀為止」

新年不快樂

新的一年
你是帶誰回家見父母
反正不是我吧

奇奇怪怪的占有慾

即便我們分開一年多
你的屌也應該屬於我
誰跟我上床誰都該屬於我
對
我雙標

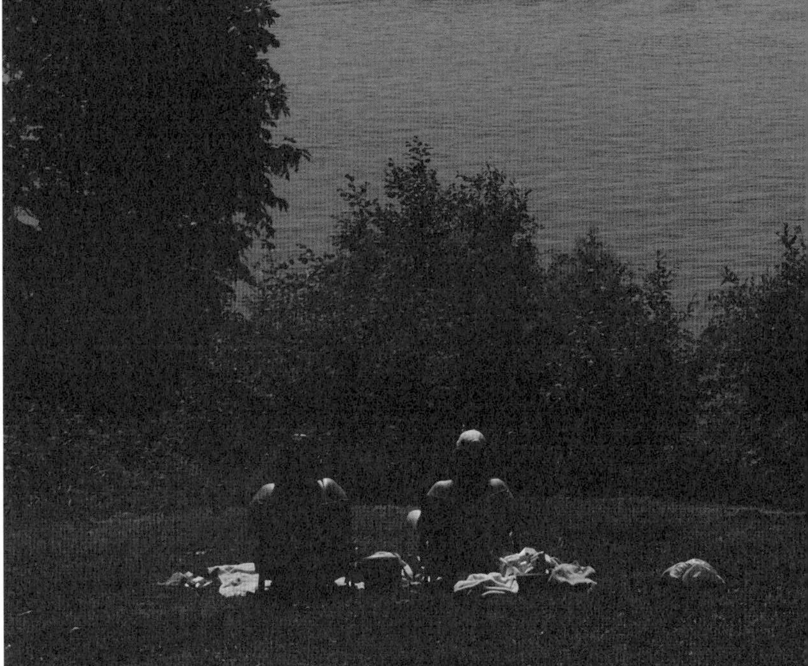

想像力太過豐富生活會很複雜

想著你大概會像上我一樣上她
我就很不爽

愛情的一千萬個為什麼

你為什麼不愛我
你為什麼不能愛我

道德底線是我絕對不外洩

後來我一張你的照片也沒有留下
真的什麼也沒有
包括屌照

親愛的，我們接吻吧

我也不是喜歡你
只是看到你的嘴巴
我就想起上次親你的感覺

我愛你的身體勝過我自己

我說我拜金
他卻笑著說我是喜歡精液

我想我瘋了

愛
是這狗屎世界我唯一的救贖

不一樣的性愛

一般的性愛已經無法滿足我
我要野砲
車震
還有你跪在我雙腿間的那種

女生的小心思

我總會看著別的男的屌
幻想著你的粗細
那一刻
想跟你上床的心到了頂點
下一刻
別的男人就插進來了
我想我很想你

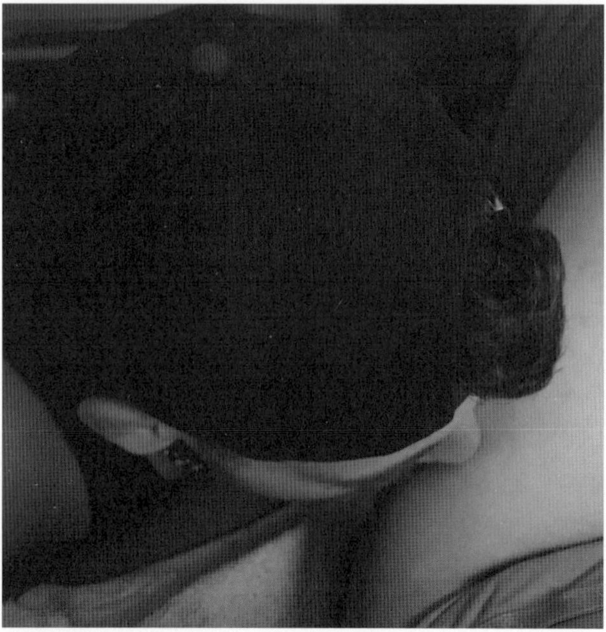

別看了,跳梁小丑

我連曖昧都當真
我就是那個小丑

主角是攝影師

你根本不怕計程車上司機側目
又怎麼會怕與我在屋頂裸著身軀的交纏
呢

自由戀愛

我愛你
但你不能是自由的

我如果是扭曲的,你不可能正常

極端的占有慾才能讓我感覺被愛
我是扭曲的
所以我愛的人也是瘋子

放過我

不愛我
又不放過我

浪漫細胞生物

愛其實被過於浪漫化了
抽插的時候不會有配樂
舌吻的時候也不會鏡頭全景環繞
但沒關係
我平庸地愛你

跨坐在你身上的一年

射精
也是一場跨年煙火秀

我下次想穿護士裝

在你面前只有穿著女僕裝
才感到自在

你只屬於我

我喜歡你埋頭在我的頸窩
啃咬著留下獨屬於你的痕跡
為我烙下性愛奴隸的標記
色情到要死

喜歡你所以我才欺負你

親愛的
我真的好喜歡看你被我欺負到哭
然後想射不能射的表情

陰道運動

沒錯
我就是故意夾緊
讓你早射的

想幹你

每次想起跟你有關的記憶時
我都想
「媽的,好想跟你做愛」

37　我想亂七

遺憾

沒睡過你的遺憾
不亞於上廁所沒有衛生紙

合理當個渣女

世界上千千萬萬的屌
按照平均分配
我應該同時擁有四個

一天要做七次

子宮是精液可以去的最深處

但今天它卻不能只有一次

見一面

文字框裡的對白都是虛的

所以你說想看我露奶給你看

都不如我親自找你脫下好看

吧？

去死吧，我親愛的愛人

我愛你
所以你死的那天
我一定手捧鮮花親手砸了你的墓碑

只有你抽菸我才不討厭

人身上總有一個味道
而你是七星藍莓五號

想想挺噁心的

口交口哪裡最舒服
還是你教的
沒想到你走後
沒把我這身技能給帶走

寶貝，寶貝，你是我的寶貝

乖覺的是不打擾你
寶的是拿掉的孩子
貝的是你射進的精液
現在我真的成了乖寶貝

我們要偷偷來

你說台灣那麼多監視器
連幹壞事都不能
但你為什麼覺得性愛是壞事呢
它難道不應該美好嗎?
你說:「我怕被罰錢。」

色情產物

有時候我還真難以啟齒
我是一個如此色情的人

只是洗個澡順便做個愛

其實洗澡時做愛
小穴會因為洗澡水而變得乾澀
可是我卻還是在你耳邊說
走吧,去浴室

中秋節

把你的屎
撒點鹽
刷上醬
這樣才算團圓

你的芭蕉

我只是俗氣的人

我最想寫下的不是文字
而是你的嬌喘
還有耳邊傳來的那句我愛你的分量
但是我太俗
只能寫你怎麼幹我

你是我最想見的人

文字比不上萬分之一的你
也蓋不了千分之一的相處
只有你完整地站在我面前
我的文字才算完整

殺了你,你才不會看別人嗎

人一旦談了戀愛
就是成了殺人犯的開始
可能是殺了自己
也可能是殺了他

只愛我

好想占有你
討厭任何人接近你
想掐你的脖子
一遍遍地問你愛不愛我
想看你哭
想看你漸漸迷離的眼神
想
太想

求你了,幹我

我總是很癢
下面癢的想抓住東西往裡面塞
好堵住
某種思念
溢出

我有時候都不知道自己為什麼這麼

黃

他的手指鑽進我扭曲的身體裡
感受到潮溼的溫暖
還有我腐爛的靈魂

就上一次床,好,不只一次

我他媽就活這一次
不求跟喜歡的人有個好結局
但就讓我跟喜歡的人接個吻
上一次床吧

白月光

如果白月光是指得不到的人
那白濁的精液
月光下的纏綿
加上你這個得不到的人
也算是吧

中山區的飯店

後來那間旅館
我和好多人都一起去過
可是卻再也沒有你
就像口交了那麼多人
卻都不是你的味道
可卻長得差不多

你總是明白如何把我逼瘋

你真的很知道怎麼把我逼瘋
讓我變成一個歇斯底里的瘋子
然後說給我時間冷靜
這比直接殺了我還痛苦

悲觀主義文學

對方賣力地幹自己的時候
就想著分開會有多難過
這就是悲觀的人

大家都該減肥

減肥確實得動
有時候對著鏡子
有時候在外面廁所
下一次在車上

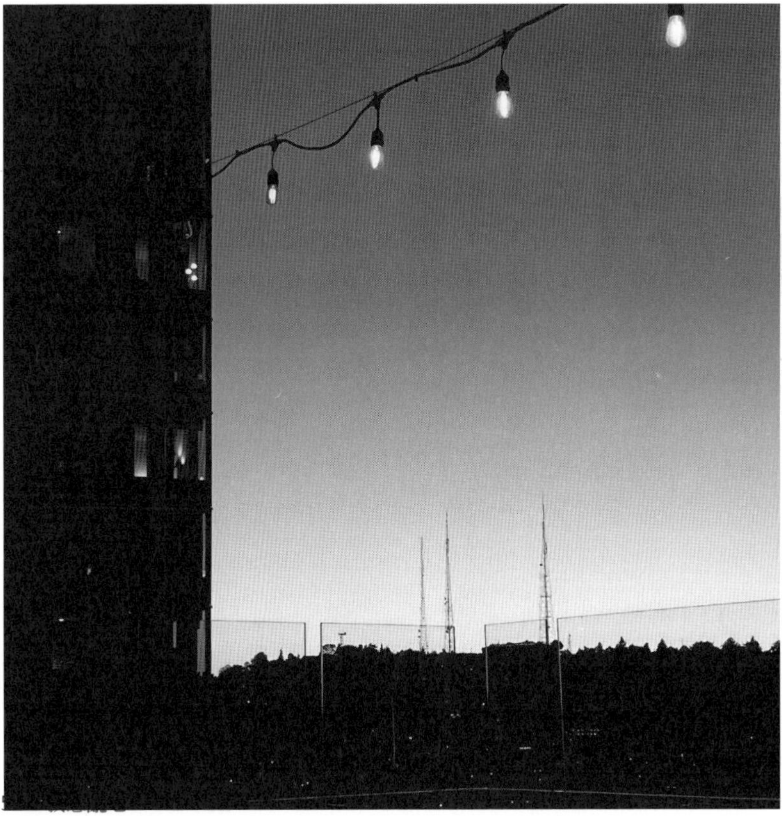

燥熱

我不太理解慾望
是他炙熱的身軀或是燥熱的空氣
還是他品嘗起來帶點甜味的唾液

我是一個不羈的人

凌晨三點的海
帶著菸味嗆人的吻
掐緊脖子的窒息感
我想愛一定是安撫瘋子急救藥
所以愛我吧

只有在床上我才感覺真實

請幹我
我需要被你一次次壓在床上
要你一次次進入我的深處
才覺得你正在看我
從我的體內窺視愛你的擰巴靈魂

愛

純愛不是柏拉圖
是交換唾液
是下意識地呻吟
是抽插的水聲
肉體碰撞的迴響
是和一個人做一輩子的愛

車水馬龍的世界

真愛一直都太過匱乏
從前山高路遠
現在保險套一百三十九元

好痛

人是叫不醒的
人只會痛醒
心痛
和你的屁放進來真的好痛

我想你

我不知道如何形容你給我造成的傷害
只好千方百計地形容它
後來連自己都不確定
到底多痛
直到再次相見你放進我的體內
我才知道

幹
真他媽痛

祕密

我們的愛只在無人問津的巷子裡生效
不被允許窺探
也不被承認

你的**芭蕉** 56

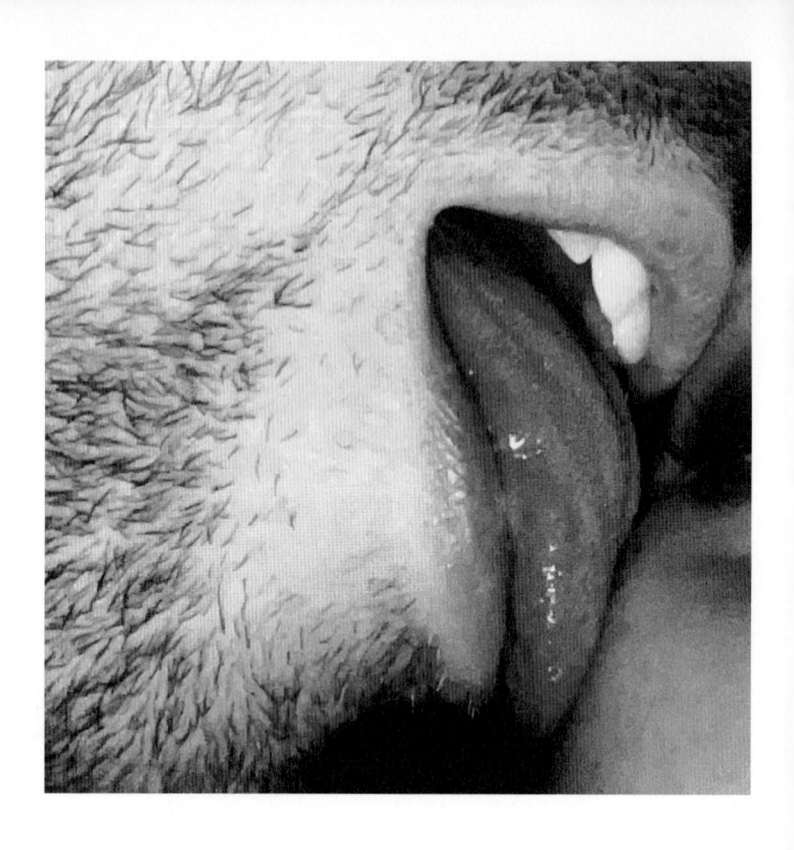

情人

我親愛的祕密情人
請在愛我時狠狠疼愛我
請不要將我拋棄

請記住我

是要擦肩一萬次
還是插我一萬次
你才能記住我

請呼喚我的名字

我的愛人
請你一定要
一遍遍地在我耳邊呼喊我的名字

我應該幹你

我心想
也許我真該
在這寂寞的夜晚下
狠狠上了他

低聲

每當我描述你
是一遍遍的低吟
是你一次次耳畔的呼喊
「我的愛人」

何必當初

早知如此
何必顧忌什麼節操
情面
光是看你眼神迷離
就覺得值了

邀請你

邀請你喝的不是酒
是讓你混著酒意來吻我

但我還是想結婚啊

談戀愛的第一天就想著結婚
床上褪下衣服的剎那就想著交往
如果任何一個環節出錯
你就說
為什麼
肯定是哪裡不對
可卻忘了生命本就是一場過程
而不是結果

我對你可不簡單

你說你不太會喝酒
說你對我沒有任何意圖
可你怎麼知道我對你也沒有呢？

脫光

人生苦短
來
脫光
脫光

真他媽

忘不了我
但也不耽誤你重新開始
有時候人啊
真他媽的

我只是作

是那天我封鎖你而你不再找我
是那天我哭你卻說不懂
是我一遍遍說
然後你一次次的不理解
我不知道我是哪天不喜歡你的

跟別人上床我都覺得自己在偷情　這一種痕跡，屬於我的

我這一生會愛上很多人
與許多人上床
但我還是能一邊說著愛
一邊給你幹

人類有時候會不自覺的貪戀某一種疼痛
牙印
瘀青
吻痕
掐痕
或是某一個回憶

射精

他說可以射在我的嘴裡
或是柔軟的胸脯上
可是我更喜歡他射在裡面

想念具象化

我說我特別想他
想他幹我

我不想每天都感到遺憾

下次遇到喜歡的人我要直接親他的嘴

現代人的愛情沒酒不行

我們之間沒有一見鐘情
是日酒生情
是微醺後的迷戀
而他也只在醉酒後看我才充滿愛意

色意等於愛意

你得知道我對你不色情就是不愛你

人類的本能

性是天性的一部分
而我服從天性

做愛嗎

我在他耳邊輕聲低語:「你要什麼?」
聲音蠱惑而媚人
「我要愛」
做愛嗎?
於是我低頭親吻他的脖頸
要讓世人知道他是我的
他卻把我翻身壓在身下啃咬著我的嘴唇
說
「我要愛」
「我是說我要愛」

啊,真可愛

渾身赤裸

酒精上頭的那一秒
連我的愛意都渾身赤裸

不要讓我有機會站起來

愛就做到腿軟為止
不愛就做到愛為止

我討厭你

人生只有一次
幹你不能只有一次

最後一天

有些人習慣問自己
如果明天就是最後一天我要做什麼？
來決定自己了不起的未來
但我這人比較奇怪
我只問
如果這是最後一次見面，我會不會睡他？
然後答案是什麼大家都知道
睡爆

我本來就不正經

見色起意的愛情才是不理智的喜歡
可是
我喜歡
愛死啦

想起你我就覺得噁心

每當我想起你
我就會想
要不你去死一死吧

青春期

如果可以
我要像青春期那樣
一直做愛到死

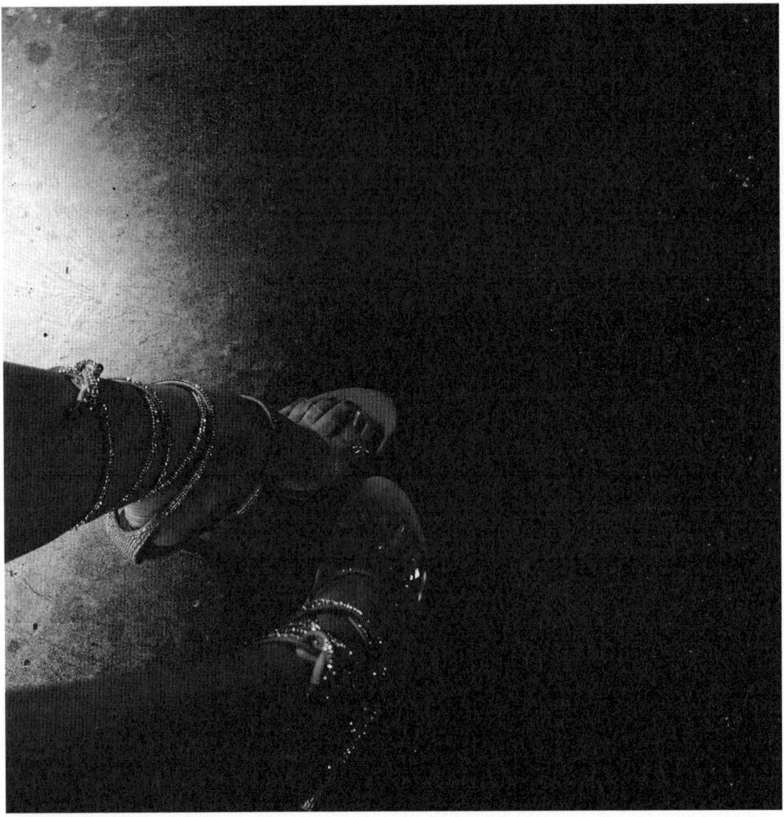

入境隨俗

其實我沒有那麼愛玩
只是看你只想上我
我不好意思說我愛你

旅館休息一下

一個小時的約會
你幹了我兩次
總計四十五分鐘
我洗澡花了五分鐘
我們各自滑手機八分鐘
真正對話二分鐘
你怎麼好意思說喜歡我

下次我要找帥的

挑了一個醜的
沒想到
還是被渣了
肏

回憶 2

所有我思念的你
都有你在床上賣力的樣子
困住我的不是你
是你在床上的樣子

淫叫聲

如果我知道那是我們最後一次做愛
那我肯定會再叫得騷一點

我才是被困住的人

我希望你回憶起我的時候
是感到遺憾
是感到可惜
是覺得怎麼會失去我這麼好的人
而我好像只能用性來困住你了

我花了兩個小時過去

為了睡你
我跨越了大半個州
還淋了半晌的雨

真沒想到

真沒想到有一天
我能夠看著你裸體的樣子

去你的，好想你

總會想起
你的味道
你的身體
還有莫名其妙的回憶
於是我大聲的在大街上罵了一句髒話

我真的很喜歡你吧

我說我有個壞消息要告訴你
你說希望不是因為剛剛的性愛
並解釋你經驗不多
我說
壞消息就是
不是你睡我
是我千里迢迢來愛你

可是你不會想知道

其實
我今天做了一份好吃的早餐
但麵包用錯了口味
還買了一頂心儀已久的帽子
是綠色的
以為是五塊的咖啡沒想到是六塊
真是會花錢是吧
可是你並不想知道這些
你只想知道
我張開的雙腿
和泛紅的臉

我如此病態地愛你

想餵你吃春藥
這樣你就會對我勃起
然後對我眼神迷離
接著幹我

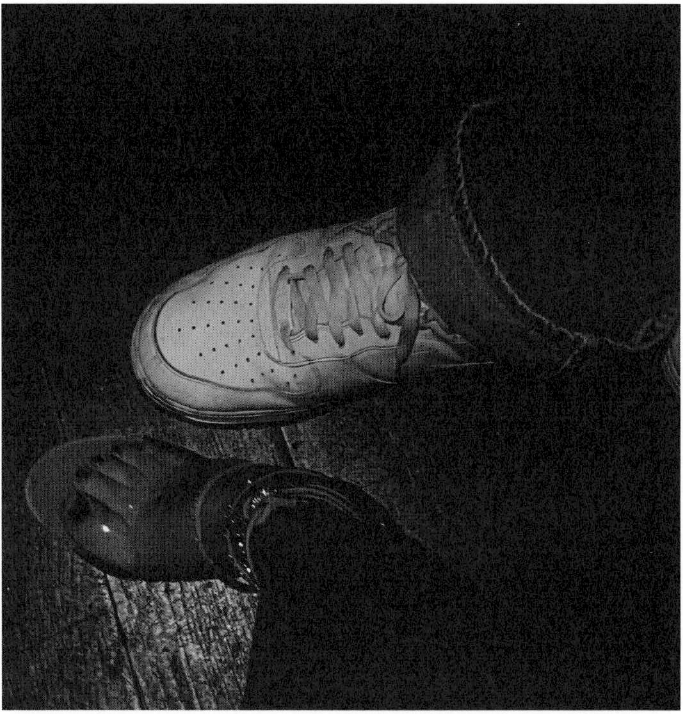

只會做愛的人

我唯一能握住只有男人身上的鳥
人生
未來
機會
什麼的
一握就跑

隨便

隨他媽的便了
好不容易真誠一次他媽要了我半條命
誰他媽愛和解誰他媽去

我愛死你了

我並不是很確定是不是喜歡你
直到那天我們躺在床上
你的氣息充滿我的鼻腔
你掐著我的脖子咬著我的肩
並緊緊地抱著溺水的我
我靠
愛死你了

消失好嗎？爛雞雞

去死吧這個破世界
還以為遇到難得的好男人
誰他媽想得到這傢伙玩的比誰都花
搞得我現在想起他都一陣乾嘔
啥破世界
我不受這個氣了
煩死了肉
狗男人請直接 disappear from my life
okay?

長大

我常說的
我到底期待忠誠些什麼?
好多個瞬間我以為自己獲得了愛情
沒想到只是獲得愛
還是做愛的愛
真的是肏你媽的
檢舉我吧
反正我愛說髒話
哼

月亮

我質問月亮
為什麼沒把我的思念傳達給他
一旁的小狗煞風景地說
忘
忘
忘

我就是最好的

你應該為曾經進來過我陰道而驕傲
畢竟
我漂亮
優秀
而你再也遇不到

二手貨

破鞋
二手貨
回收垃圾
被前女友撿回去的
我的愛人

自信

我常有這種盲目的自信
總覺得和我上床過的人應該感到驕傲
擁有我
是一件一生只有一次的機會
反正吧
跟我分開後你就不該得到幸福
我不樂意

不能只有我單身

萬家燈火
闔家團圓
今天若看見哪家燈關了
我直接敲門:「小心火燭」

如何正確愛人

張愛玲

生氣的時候強吻
氣氛到位的時候舌吻
床上的時候吻點別的

不是很有名嗎?那句話
「通往一個女人的心最簡單的方法就是陰道」
無所謂
好像大概是這樣說的吧
可我心裡的空洞卻無人能填
都不知道是屌不夠大
還是它像黑洞

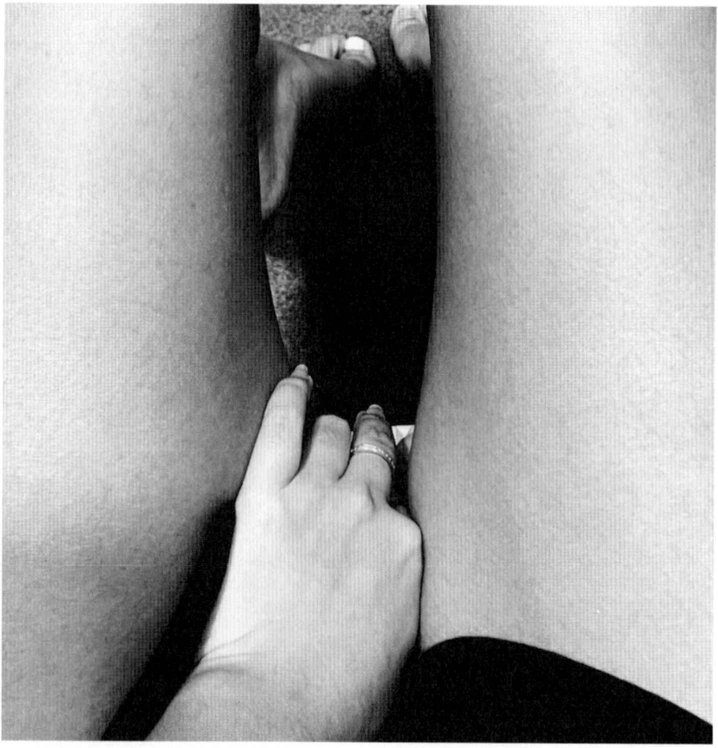

我著迷的是你的性器官

你問為什麼我喜歡你
我總是不好意思說
因為你幹我幹的最有感覺

回憶3

想到你用屌抵著我的時候
身體就會突然抖一下
好色喔

祝福

那就祝我一如既往
浪漫
自由
又傻屄吧

二流貨色 2

只准跟我做
愛

然後我就懷孕了

誰知道一次沒戴保險套
後面就沒戴了

直接點

到底是愛我
還是曖我
能說清楚嗎?
不然我一直猜

我一直想幹你,從以前到現在

變態 2

說再見最後一面都是騙人的
想再睡你一次才是真的

你說還想牽著我的手時
我總時不時地瞄你下體
為什麼呢
我也不知道
但這或許是喜歡的徵兆

缺愛

總有人想要馴服我
以為我是那種很好誘拐的人
只要說幾句我愛妳
妳真是特別
我就會乖乖上鉤那樣
那麼你想對了
我確實是太缺愛的人

烏鴉是幸福的象徵

你是烏鴉嗎？
為何我看到你總感覺倒楣
就是
該死
我又要愛你一遍了

Kys slut your are unworthy of our seed; hope you die a husk of woman

我們都變了

以前說我喜歡你
你會說我也喜歡妳
現在說我喜歡你
你只回我知道

等待

我一直等到凌晨
你這個混蛋都不發消息給我
你不愛我
總會有人愛我
我不想一直都在等你

不是你不行

想和你接吻
想和你做愛
不是你不行

墮落

沒有人會成為我
時常心絞
時常情緒翻湧
連尼古丁也救贖不了我

我比你賤

我很想你但我不找你
然後你也不找我
居然他媽比我叼
我不管
我去你的
我最叼

理由

人總是需要愛的
背上的抓痕
鎖骨的吻痕
都是三千多個理由

身分

結婚是為了證明我愛你到天荒地老
可惜我只看到它證明了出軌不分身分

表演慾

男人射精時
表情盡量滿足一點
不然女人會想揍你

愛是什麼

愛到底是什麼
是性的衝動
激素的混雜
還是刻在骨子裡原始的衝動

讚美

他的手曾經包裹在別的女人身體裡
我應該憤怒嗎？
還是應該讚美

壞蛋

他七七八八地躺在沙發上
酒瓶子零落在地板上
市內昏黃的燈光像是一首性愛單曲
眼光就這樣放肆游移在
他的臉
脖子
身體
手
想到他曾用這隻手在我身上撫摸並肆意
玩弄
壞蛋

我總是這樣喊他
然後
我吃醋了
壞蛋
你肯定也是這樣讓別的女人舒服的吧
壞蛋

親吻你

我想你

想把你的嘴親得稀巴爛

多吃鳳梨精液才不會苦

我想你

但不是單純的想你

它是帶著色色的色彩

然後我想用這些顏色把你弄得一團髒

你昨晚密我

「我想你」

「非常的」

我沒有回你

我怕我回了

今天就不想讓你下床

無法不愛你

我無法不愛你
每一根神經細胞都在叫囂著你的名字
連理智都無法停止

想救我自己

我當然討厭他
我又如何不清醒？
當然知道他是如何傷害我
可我的全身都在叫囂著喜歡
猖狂地喊著他的名字
離了他我的心湧上百萬隻螞蟻啃食
癢得難受
疼得該死
你要我如何是好
我比你以為的清醒
也比你更想解救自己

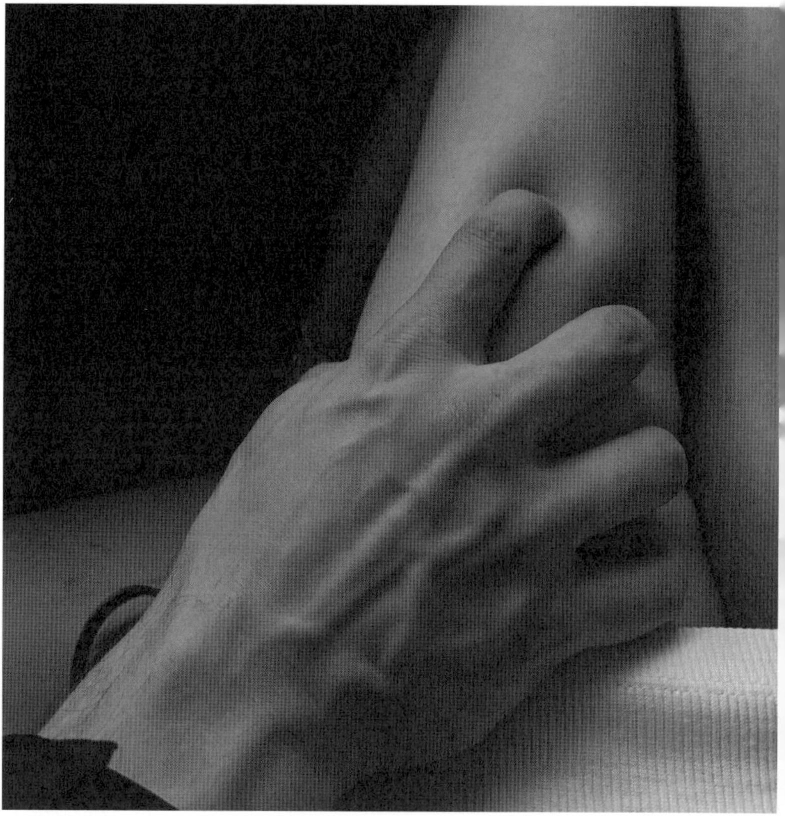

垃圾

看了一下你上過的人
我覺得你還是不要喜歡我好了
不然我會覺得自己像個垃圾
我又沒那麼醜

感情潔癖

看著她的照片
明明挺好看的
但我卻不由自主地想
你都怎麼幹她的

我現在只跟帥的在一起

寧願被出一萬次軌
也要跟帥哥在一起

我當然知道我不該嫉妒

說來奇怪
我對女性並沒有性衝動
可是我卻能想像她做愛時裸體的模樣
只因我在想你
想你是否喜歡像這樣揉捏著她的奶子
像幹我那樣粗暴的撞擊
又溫柔地親吻著她品嘗她的味道
光是想像
就呼吸難受
忽然間
她的照片都不好看

哪一個瞬間我愛上你

每次結束之後
他都會抽出一大坨的衛生紙
在我身上擦來擦去
我美其名曰聖人模式
其實是在享受他這份對我獨有的溫柔
哎
實在是
更喜歡你了
先生

新冠肺炎

隔離是無趣的
但想到能和你每天幹得人仰馬翻
就挺有趣的

這一秒

這一秒
我還想著相敬如賓
但下一秒
你他媽還是滾吧

床壞了

你說隔離的時候我們才開始親近
每天像是情侶
準確來講
是起床就放進體內
中午再吃一下我
下午就當下午茶
晚上你說這是正常性愛時間
然後你跟我說
床被我們搖壞了
肉
變態

前些天

前些天
我走在街頭
還想著前面男人抽菸的背影跟你可真像
我還想如果真的是你
大抵我還是會點頭寒暄
算是盡了身為人的良善
也不知道是這突如其來的念頭導致的什麼因果輪迴、蝴蝶效應
在清晨我居然看見你的簡訊
「我想要妳陪我睡」
哦

敢情好這傢伙是給臉不要臉了
我嘴裡一邊問候著他家祖宗十八代
一邊喝著嘴裡突然不好喝的玉米濃湯
想著
真是肏你媽

我的脖子

你用力地掐著我的脖子
一邊道歉
一邊用力
我喊著不要
你卻說是在愛我

拒絕

明明一遍遍地告訴你
我不喜歡
我不喜歡
我不喜歡
但你卻偏偏視若無睹
怎麼
傷害我成了一種榮耀嗎？
跟你身上該死的征服慾一樣

我只能用這些手段把你綁著嗎

是不是只有與你舌頭纏綿
你才能兩隻眼睛看著我

畸形的愛

我可能也不是愛你
只是持續抽插的感覺讓我上癮
畸形的滿足感支撐著我

時間管理

你真的好忙喔
一邊說著愛我
一邊和其他人曖昧著

我們都不是什麼好貨色

我們都不是什麼好鳥
你背著你的女朋友
我背著世俗
出軌著

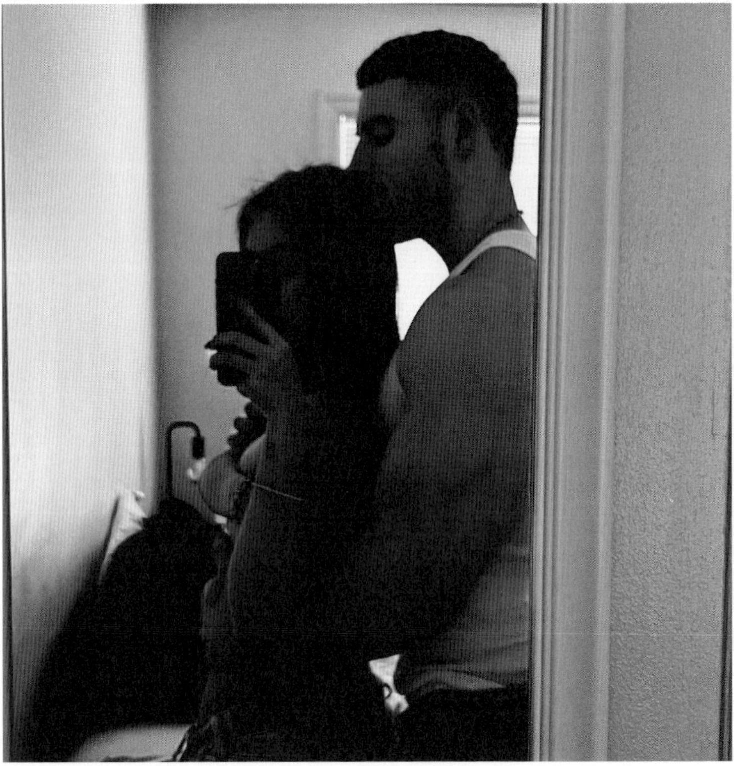

不夠漂亮

所以說要多漂亮才能被愛呢
才能不被辜負
才能不被放棄
你也說不清
道不明
真是絕了個配
我們兩個劊子手

騷貨

他一邊在我耳邊喊我騷貨
不安分的手一邊從我鎖骨游移至喘息的
胸上
你非得這樣就是了
大壞蛋
妳不喜歡我這樣嗎？
小壞蛋

床上比，誰怕誰

你總是在質疑我對你的愛有幾分
我畫了一個大圓說這麼愛
你仍然說不夠大
我說愛你到想將一切給你
你仍然說不夠多
那要不去你床上
去你的
就別哭

愛還是很重要啦

趁你我炙熱
趁大雨滂沱
愛不愛的
隨他媽的便

替代品

滿大街的身體
卻找不到你的替代品

in and out

我喜歡你
裡面和外面
進來和出去

肛交

明明看到狗屎很噁心
卻渴望把跟屎一樣大小的屌
塞進肛門

四次是我目前最多次的經驗
那一夜我們幹了四回
回回要人命

你好騷啊

我問你什麼時候自慰過
你說昨天
但你被我養壞了
必須天天都要
於是你翻身將我欺上
用行動告訴我
我把你養成一隻野獸

不能說女生臭臭

我們身上都泛著市場魚腥味
做愛都想捏著鼻子
可這樣太誇張了
所以
我大口大口的用嘴巴呼氣
你看起來我是在嬌喘
但我想像的我
像是一隻冒著泡泡的魚
哈呼哈呼

總而言之性是重要的調劑品

愛你的人會想上你
不愛你的人只想上你
說到底
只要與愛有關的詞語都有色色的事情鋪
墊
導致我有很長一段時間
不知道愛是什麼
是無數次的交付身體
直到他看見我的裸體不再勃起嗎?
這種思考
簡直毫無意義

卻又讓我發了瘋
太想知道了
你是為什麼上我

需求很大

你老是說你會忍不住
再累都想要幹我
我常說你是變態
講話都不知道收斂

你曾經毀了我

我不求你一直愛我
但我要你記得
你曾像個禽獸射在我的體內
在那開出一朵花

我要你只舔我

我和他說
看你舔我的樣子好有快感
那是一種難以言喻
從心底湧上來的快感
你低頭的樣子像是俯首稱臣
讓我不禁想看你吃久一點
但我還是很害羞
所以快吻我吧

征服慾

只有你低頭埋進我的雙腿間舔舐
我才感覺征服了你

悖論題目

我們的愛是什麼
是廉價的旅館
低級的肉慾
是性的吸引嗎？

感情砲

那天你在床上問我
「舒服嗎？」
我說是的
你又問：「是因為有愛嗎？」
過了許久
我問你：「你愛我嗎？」
他倒是沒有什麼回應
關於愛的話題
也截止了

自在

喜歡兩個人裸體
還沒有一絲尷尬跟手足無措

三千煩惱絲

我有無數個必須去睡你的理由
愛你
愛你
愛你
還是愛你

你是所有人,所有人是你

從此以後
我看誰
都有你的影子

藝術

拒絕像是一門藝術
人們很少說我不喜歡你
但經常說
你是個好人

比如
我說你能否展現你一點喜歡
你說今天很累下次再說

你知道的是一部分的我

你知道我很騷吧
他說
這我要不知道的話我是傻屄

小三上位

在人海中擁吻
明明是光明正大的戀人
卻仍會感到悖德

我們都在互相思念

那些不聯絡的日子
到底是越來越思念
還是彼此都遺忘

我想把你的名字寫好

他的名字是這世上最帶感的漢字
光是聽到
就心動到無以復加

原始人

那個晚上一回家
他便讓我把身上的衣服全部脫下
衣不蔽體
好讓他享用
當然
他也是

我們像兩個原始人
在房裡聽著個舞蹈
坐在彼此身上搖擺

那正是摩洛哥的天堂
是普吉島的夏天
是沒完沒了的 sex

感覺密你我就輸了

感覺密你就輸了
但我還是一直想到你

我跟很多人都說過這句話

喜歡看男人為我散發那魅惑人心的氣息
看他們祈求的臉龐
那是我莫大的滿足與幸福來源
而我只需散下張張情網，等待上鉤
可太慢了
太慢了
我已經迫不及待要被愛了

敢不敢

敢不敢
穿越大半個城市互相睡
讓我把你的身體幹出不只一個洞

這世界把我幹憂鬱了

餓了就吃碗泡麵
睏了就捆在棉被裡睡
累了就吃下好多盤蛋糕
寂寞了我就摸摸自己的頭

破事

破事
全是破事
破到我想把這個世界燒了

我的愛讓我變得不值一提

你簡直是個糟糕透頂的傢伙
但對你念念不忘的我
或許才是真正爛透的人

你不止騙他們你也騙我

我常說
「你長得真好看，可得有許多女孩子迷了眼」
他老說
「我才沒有那麼閒」

可你還是偷走了不少芳心
讓我迷了心
錯以為那些都是你的真心
讓你將她們一篇篇的情書
全灌進了我的五臟六腑

你比我還雙標

他說妳能不能別插手我的人生
但他卻一遍遍
插進我的人
身裡

要啊，要做不被定義的愛

要啊
要做啊
要做不被定義的愛

終究還是做愛了

任何一句話加上終究都非常遺憾

...TIME SINCE I CONFESSED MY LOVE
... A LETTER, AND TO BE HONEST —
... TO START. ALL I CAN WRITE
... THIS PRESENT MOMENT.

... I KNOW I MISS YOU DEEPLY AND
... ON MY MIND. I KNOW WE'VE ONLY
... ER FOR 3 WEEKS, AND THAT ISN'T
... TIME TO UNDERSTAND OR GET TO
... BUT WHAT I CAN TELL YOU IS
... SSION AND ENERGY FROM YOU THAT
... FROM ANY GIRL I'VE MET. EVEN
... TIME MEETING I COULD FEEL IT.
... MEETING BEING A FAILURE, I COULDN'T
... TO BE NEAR YOU, TOUCH YOU,
... YOUR MIND.

... THE FIRST TIME YOU KISSED ME
... ON MY BODY. IT WAS IN

我只有一次的年輕

可是再來一次
我也不是熱烈明媚的十幾歲了

你想追求更好的人我不會阻止你

你所謂更好的人
是誰
在哪
為何不能是你

愛本身是一種墳墓，不是只是婚姻　我的陰道沒有其他男人的味道

我是惡魔的使徒
傳遞愛與和平
讓人們一個個溺於愛河
讓屍體遍布
讓禿鷹盤旋
讓彼岸花開滿人間
我就要
世人陪我腐爛發臭
要你們墜入我所織的情網
清醒的看著自己淪為一灘愛的血水

那天我問他說：「你突然好變態喔」
他說：「我要檢查妳有沒有其他男人的味道」
我就反問他：「那我下面是什麼味道」
或許是好奇吧
「我滿嘴都是羊肉爐味，吃不出來」

所以其實我本來是想這麼寫的：
你他媽居然用羊肉爐的嘴舔

我的想念給了月亮，月亮給你了嗎　　風會代替我愛你

在無人知曉的日子
我偷偷地將深埋在心底的愛意向風傾訴
望它能將這些話吹進你的耳裡
代替我撫摸你

月亮太多寄託了
我怕你看不到我
所以
我把千言萬語碎碎念給了風
也讓風祝你歲歲平安

沒來得及說出口的愛意與思念
就留給風聽吧
或許某年某月某天
風會吹到你身邊

一個完整的故事要有始有終

要寫啊
寫與你床上相愛的日子
寫你如何愛我
進入我
再到離開我

最簡單的日常

他用
今天天氣很好的口吻
說我的下面泛濫成災

舌吻的記憶

是喜歡冰涼的舌頭
是喜歡帶著木頭香的口水
是令人心醉的舌吻
你太喜歡喝酒了
以至於每一次接吻都能品嘗到各式各樣
的酒味
也讓我每次喝酒都以為在跟你接吻
所以不能見面的日子
都是酒精代替你愛我

你送我的花我很喜歡

你怎麼知道
壓垮我的並不一定是最後一根稻草
而是你送我的那一束紅色桔梗呢

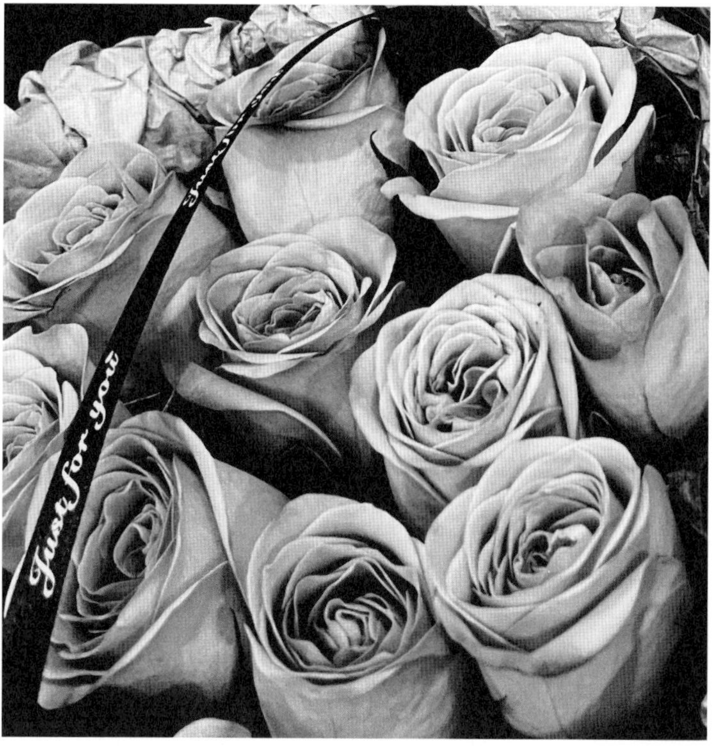
Just for you

刺激的事

愛你是件刺激的事
比如聽你接吻喘息說我不知收斂的愛意
比如看你眼神迷離無一不是的慾望
比如你
傷我的心
要我的命
我甘之如飴

我也不知道我的想法

某一瞬間
我覺得我好愛你
愛到快要爆掉
但下一瞬間
你還是去死好了

快餐式愛情

最開始
只知道你叫什麼
誰知道
後來還知道你怎麼叫

原來我也還沒有忘記你

某天提到過去
本想當玩笑話講
突然意識到
喔
還是有點痛

我們都無法放過彼此，所以互相折磨

這世界一瞬間色情起來了

他要是個徹頭徹尾的畜生就好了
偏偏他惹人憐愛的與討人厭的一般多寡
我放不下他
他也不肯放過我

我的愛意渾身赤裸
當我訴說時
我覺得這個世界都他媽色情起來了

醒來是從夢裡往外跳

請不要出現在我腐爛的夢裡
醒來之後的落差
我
緩了
好久好久

只要是與你一起哪裡都好

我要和你一起墜入愛河
他說
冥河吧

吻我不用愛我

我說我不愛你
但眼波流轉間
都在等你吻我
這不是我第一次口是心非了

我是一個很浪漫的小伙子

浪漫的不是風花雪月
是老子
閉嘴
我的愛人

好像是你在車上跟我說的

我講我在摸你的奶子
感覺很淫蕩
所以我說我在摸你的心臟
但
我還是在摸你的奶子

失眠

半夜
你躺在我旁邊
想要
想要
想要
在空氣中攪拌

該死我喜歡死了

高潮到渾身發抖
他卻突然俯身問我
發抖的時候是什麼感覺呢

啊
又更深了
你又欺負我
妳不喜歡嗎？
該死
我喜歡

某一個夏天的晚上

你從背後擁抱著我
我卻要極力克制
才能不把手往下伸

我的感官世界

說認真的
離開前
我能把你下面剁下來
塞在我裡面嗎?

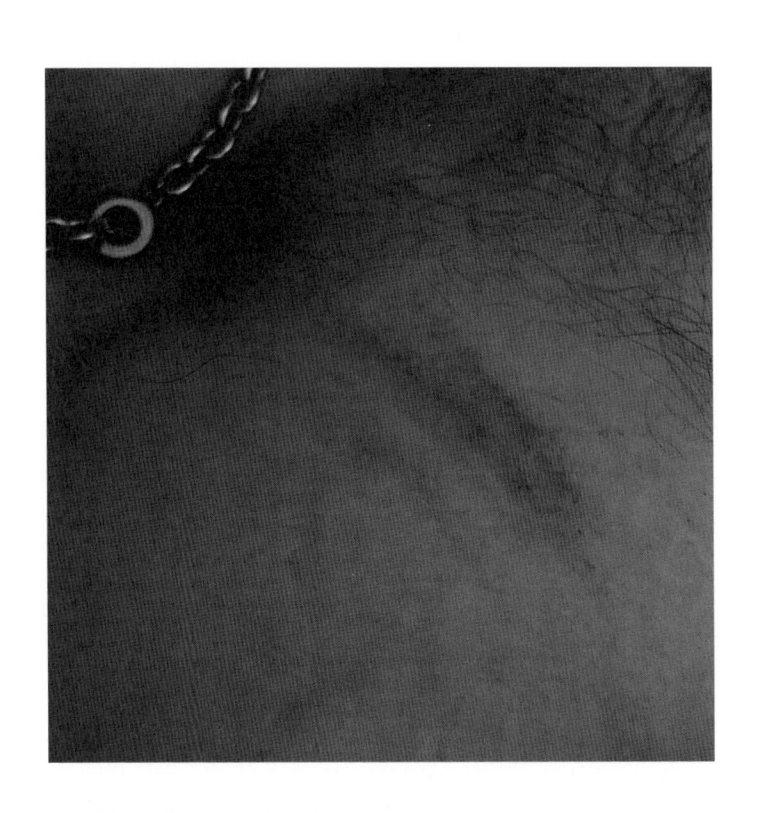

我看你是有色眼光

我看你的眼神
絕對算不上單純

春色滿園

男人給女人最大的溫暖
向來是生殖器的交融
你進入我的
我坐上去你的
春色慢慢
愛意滿滿

幻想你在我身邊

我總會在沒有你的夜晚
獨自幻想
自己與你面對面
慢慢的把你的屌塞進陰道
緊密的相連在一起
更深
更深地
頂到子宮頸
那就可太棒了

傲嬌的我不配愛

每次我都在錯過你給我的機會
我太喜歡說反話
我以為這樣自己會好過
沒想到我只是更難受

沒有性病，但也不算乾淨

我是個很骯髒的人
讓不同形狀的雞雞捅進來過
不戴套的
那種

是一個法國男生的故事

他叫我看
看他怎麼幹我
要我看他把他的屌
放進我的身體
一抽一插的

痛吧,這是你愛上我的感覺

我最喜歡接吻時
咬住對方的下唇
聽對方吃痛的聲音

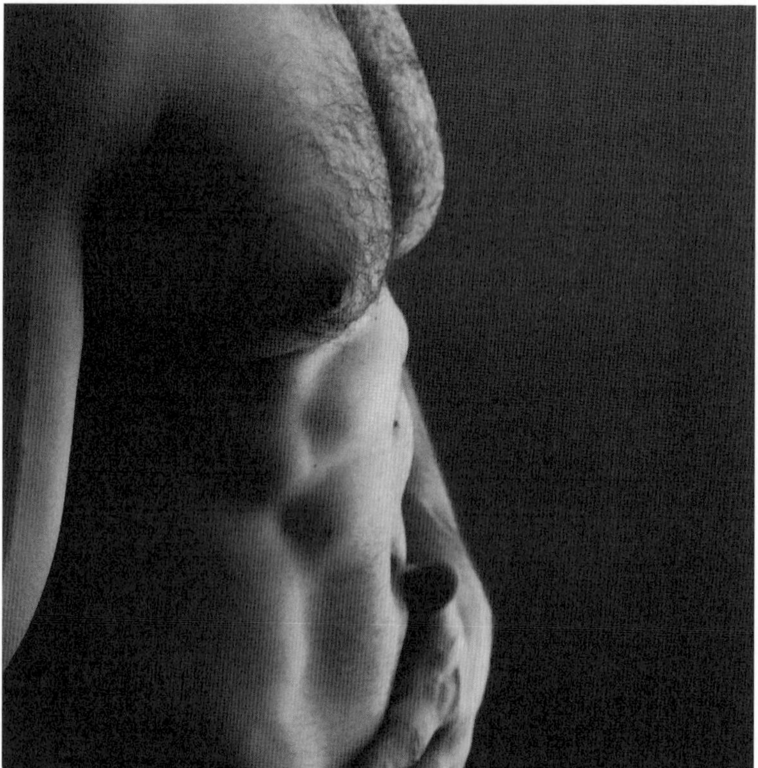

我還是太過直接了

矜持就是我和你說我沒有想跟你做愛
但來到了你的飯店
坐在你的床上
感受你的體溫
屌的硬度
粗度
然後問一句
「你要進來嗎?」

我喜歡你這麼幹我

我喜歡你抬高我的臀部
將你更深地埋進我的陰道裡
上下地摩擦著
聽著淫蕩的水聲
波波波

我其實比較不喜歡太溼的性愛

上我
幹我
最好不要任何前戲的把屌放進我乾澀的
陰道
因為我想要的要死

喜歡可以有很多種表現方式

喜歡就是要掐著脖子親個夠

所有權印記

我要你在我身上留下你的吻痕
好讓所有人知道我是你的
你說這不是吻痕的意義
那該是什麼？

讓我溼的不是舒服

公共場所色色
總是讓我溼成一片
尤其是指頭放進體內的背德感
更是令我上頭

爽的時候不准閃躲

傳教士體位的時候
將我囚禁在他的臂彎當中
直勾勾地看我皺眉呻吟
那種感覺
真的色爆了

小狗愛放屁

如同小狗那樣趴著被幹
將陰道幹出令人尷尬的聲音
像是在放屁
我真的很出戲

回憶比真人可怕

回憶最可怕了
不斷地美化這個人
總覺得跟他做愛最舒服
心心念念地
結果發現是自己騙自己

放進來的時候說

他是個變態的人
喜歡把他的屌放進我的身體
逼迫我說我只屬於他
要我一遍遍地說

如果可以我要跟你互相折磨一輩子

越是畸形的戀愛我越愛
越折磨我越忘不掉你
越痛苦我越記得你
撕心裂肺的感覺真爽

先生，你比我還色

讓我興奮的不是
白天在停車場跟你做愛
而是把你放進陰道
一下下的摩擦

直接的愛總打得人措手不及

他愛的語言是幹我
上我
狠狠把我折磨哭
我想
我挺喜歡的

請為我著迷吧

我喜歡坐在他身上
前後的搖擺
看他為我著迷的樣子
為我興奮
並感受他在裡面硬得要死

你明明很喜歡我在你休息的時候口你　　現在、立刻、馬上、開房

你總是說我讓你射太多次
可你不喜歡嗎？
不愛嗎？
不要嗎？

無時無刻都在想
我要跟你上床
我必須幹你
現在
立刻
馬上

他說他半夜想射在我裡面

「半夜能把妳叫起來幹嗎?」
「當然可以」

我非常歡迎

Love 05
我想亂七你的芭蕉

作　　者──亂七芭蕉
主　　編──李國祥
企　　畫──吳美瑤

董　事　長──趙政岷
出　版　者──時報文化出版企業股份有限公司
　　　　　　108019臺北市和平西路三段二四〇號三樓
　　　　　　發行專線──(〇二)二三〇六──六八四二
　　　　　　讀者服務專線──〇八〇〇──二三一──七〇五
　　　　　　(〇二)二三〇四──七一〇三
　　　　　　讀者服務傳真──(〇二)二三〇四──六八五八
　　　　　　郵撥──一九三四四七二四時報文化出版公司
　　　　　　信箱──10899臺北華江橋郵局第九九信箱
時報悅讀網──http://www.readingtimes.com.tw
電子郵箱──genre@readingtimes.com.tw
法律顧問──理律法律事務所　陳長文律師、李念祖律師
印　　刷──家佑印刷有限公司
初版一刷──二〇二四年八月九日
定　　價──新臺幣三八〇元

時報文化出版公司成立於一九七五年，
並於一九九九年股票上櫃公開發行，於二〇〇八年脫離中時集團非屬旺中，
以「尊重智慧與創意的文化事業」為信念。

我想亂七你的芭蕉 / 亂七芭蕉著. -- 初版. -- 臺北市：
時報文化出版企業股份有限公司, 2024.08
　　面；　公分. -- (Love；55)
ISBN 978-626-396-589-8(平裝)
863.51　　　　　　　　　　　　　113010747

ISBN 978-626-396-589-8
Printed in Taiwan